遠い感

郡司和斗

短歌研究社

目次

I

II

III

遠い感

装画　KOUROYOU
タイトルデザイン　木内陽
装丁　加藤愛子（オフィスキントン）

I

ルーズリーフを空へと放つ

一人だけの民族みたいはなびらをひたいにつけて踊るあなたは

献血のポケットティッシュくばる人の籠いっぱいの軽さを思う

一週間ずっと入学式をする建物を過ぎて桜を見にゆく

実は伊達メガネなんだと先輩が外してくれた履修相談

タリーズのカップになんて書いてあるのか読めんけどたぶん〈がんばれ〉

水道代払わずにいて出る水を「ゆ、ゆうれい」と呟いて飲む

電源を取ったこたつでコマ割りの小さな漫画を読む春の昼

はじめてのパーカーを着てひるねするあなたに長い陽が差している

この傷は鮫に噛まれたものなのと靴下を脱ぐほほえみながら

一ヶ月に一回《つきいち》で実家へ帰る特急の大きな切符ゆるく握って

その窓が鏡にかわる瞬間にあなたは暗く鼻をつまんだ

春日さす父の机の引き出しをあければ歴代の携帯電話

三回に一回　すっ　が無視される母がスマートフォンを擦ると

春の雨降りやむまでを電話のない電話ボックスの中で待ってる

向こうから泣く声がする　百円のマグロいくつもいくつも食べる

国会議事堂を遠目に歩いてる透明なミルクティーを飲みながら

明け方にのそのそ友達は眠る　安いホテルの大きなテレビ

うれしいよ　シャンプーのあとかけられるぬるい水素水　床屋さん

店番のひとりっきりの昼下がりあなたもきっと踊りたくなる

いつでも真剣《マジ》どこでも本気《マジ》と書かれてるTシャツを着てする皿洗い

もう夏の気配がきゅっと満ちているスーパーボールのいつかの気泡

展示ケースの中の観音像を見る　薄くて暗い元気をもらう

またねって言われてもまだ赤だけど　シャツのボタンをくにくに触る

絶版になった十代　まっさらなルーズリーフを空へと放つ

消火器を抱いていないと青空に落ちてゆきそう　見ていてほしい

引っ越しの準備の手伝いを終えて床にひろげるオリジン弁当

今までに見た幽霊を教え合うソファーに夜の風はあたって

フリスビーの軌道のようなやさしさを受けとってまた投げかえす朝

一瞬の無音の後に日焼顔のみな立ち上がり拍手している

駅前のアパレルのショーウィンドウは夏の人のみ映しはじめる

されたりしたり／夏の雨

この日々の出窓はいつも眩しくて、そこにある鉢植えのパプリカ

火曜日は夜から晴れて求人の雑誌を敷いてベンチに座る

しばらくは洗濯物とともに干すしなしなの食券とお財布

大丈夫、これは電車の揺れだから、インスタントのスープを作る

バタフライどういう動きだったっけ木陰できみが泳ぎはじめる

性欲を折りたたむときぶあぶあと植物園の匂いがよぎる

脱衣所に飾られた詩を読みながらゆっくりと下着を脱いでゆく

水道水がまずい季節をかけて読むつもりの三部作のＳＦ

風邪をうつされたりうつしたりしてる日々に一冊読んだＳＦ

でかい雲　高速道路　でかい橋　リュックを前に抱えて歩く

あずにゃんのフィギュアを買いに行くときの心まみれの心のことを

近い感　草むらにカップ焼きそばのお湯を捨てたら先に食べてて

明け方に掃除している玄関の　雨季のどこかに置いてきた傘

弟が口をきかなくなってきて主食はウィダーインゼリーらしい

春の人、夏の人、秋の人、冬の人、みんな空港で手を振っている

寝室と居間と仏間と台所にテレビが置いてあるばあちゃんち

習字セットをあけたら前の前の前の参議院選挙の新聞が出た

もうざわざわざあれが大三角だって言うこともなく田んぼを歩く

葬式に二回は行ったことがある　海まではあと何駅だろう

accomplice

ぐんちゃんと呼んでください　手を後ろに組んでささくれちらちら剥いた

好きになる人がもれなく丸ノ内サディスティックを歌うのうまい

少しだけ僕を抜かしてほほえんだあなたに競歩の才能ひかる

アモス　もし僕が子どもじゃなかったら君を仲間にできただろうか

俺の祈りのヒットと思うおじさんが数万台のテレビの前に

本当に楽しい飲み会のあとの楽しい頭痛ずっとつづけよ

濡れ縁のひかりのつぶを眺めつつ共犯めいた眠りの土曜

青空のジャングルジムのてっぺんではにかむ前歯のない女の子

坂道でスーツケースレースはじまる二十代になって初の旅行で

曇天の路地であなたは「友達になるならバイキンマンがいい」と

あせりたいあせりたくないフロントの自動演奏ピアノはきれい

ピースって何年ぶりにやったっけ中指がもう見ていられない

埃だらけの部室に青い日がさして借りたまんまの Nikon のレンズ

それはもう、ばっさり切って床の髪　このあと寿司と映画を奢る

ベーコンの厚みのようなよろこびがベーコンを齧るとやってくる

たぶんもう行かない店のクーポンを雨粒と一緒に強く握った

ニュースに母は

まあ親子で死んで良かったねと煎餅齧りながらニュースに母は

炭のシャンプー薔薇のシャンプーオレンジのシャンプーすべてまぜてわしわし

シャンプーをしたあとすぐにシャンプーをしたのかどうか忘れてしまう

潰されて染みになっても毛虫だとわかる　毛虫はたいしたもんだ

おばあちゃんにばあちゃんが手を添えながらかすかに進んでいる河川敷

十月の満月　総理大臣のやりがいを語っている両親

こんなにも悲しい路地についてくる月あかるくて月、陽キャだ

エスカレーターのベルトに今田もがんばると爪で削ってある日曜日

陽キャとか陰キャとか陽キャは言わないと誰かが言っている陽キャ観

お母さんが自分をお母さんと呼びはじめた夜を冷えるみずあめ

地下鉄のドアに貼られた広告の小さな広瀬すずを撫でまくる

なんとなく抜いた鼻毛が真っ白で、もう後ろまで迫ってきてた

おとうとの絵日記にいるわたくしは腕が四本関節はない

どうみても半々ズボンだったよないつも太腿きらきらしてた

蟹は黙って食え　その後のすごろくで幸せになるマスへ家族は

まなざしの意識

水槽の檻の隙間にむっきゅりと挟まっているアザラシの鼻

しらしらと日向に眠るライオンのしっぽに手術跡がきらめく

蹴れば死ぬだろう子犬がフリスビー追って走って紅葉の広場

顔にさわる

また増えたシャッター　駅の階段を降りるとき冬の輪郭に沿う

おばあちゃんの頬はつめたく壁越しに聴こえる鬼滅の刃ＯＰ

ふつうにもっと長く生きられたんだけど、ふつうにもっと　石油ストーブ

売店にヨーグルッペが売ってない昨日に来ればお見舞いだった

ケルベロスに生まれてみたい笑うこと泣くこと怒ること同時にできる

火葬場ごとにスタイル　悲しみ方のスタイル　ピタゴラスイッチを見てた意味

変な眠りが変な明日をつれてきた昨日のことを思い出す今日

目覚めたら冬のみずうみ父さんはいなくてシートベルトを外す

Ⅱ

やさしい音楽

ふあふあと雪にまぶしい朝に立つ胸にはるかな天球うかべ

閉店のやさしい音楽が流れて、旅を勧めてくる雑誌を閉じる

旅にゆくまでのメールのやりとりのきらきらぴらぴら風花の降る

午後からは雪だったたっけ髭剃りの振動の先にむかえる未来

便座の冷たさが死因になることもありえる季節ありえる地域

人生どうでも飯田橋と最初に考えた人に炬燵をプレゼントしたくなる

つぎにくる車の色をあてるから、あてたから見にゆく冬のダム

鉄橋に立つと何かを落としたくなるみずいろの気持ちがわかる？

弾圧も冬の思想とおもうとき鈴売りは鈴の音を売りにくる

からあげの下に敷かれた味のないパスタのように眠っています

二階から降りてくるこの足音はまだ降る雪に気づいていない

歩き方が伝統芸能みたいだな鏡の奥を風邪の私は

脇に挟もうとするとき示される真夏の頃の私の体温

ちからとさくらとげんき

玉入れほどの届かなさから降ってきた帽子を梅の樹に掛けておく

睡眠が足りすぎている三月のねむりは昼すぎの三月の

みずうみの思ったよりも水面が汚い春は駅のすぐ隣

むかしよくしゃぶった毛布にくるまって春雷が止むまで横になる

川べりの夜の桜の散るちから、ちからのはなびらを浴びている

目薬をいつから好きになったっけ桜の夜のしみる目薬

オレンジジュース同盟、いいですね、と言ったIさんはいま元気だろうか

気持ちいい気持ちになってきたころに忘れてた炒飯と梅酒が

いくつまでゆるされキャラでいけるだろうアパートまでの葉桜の道

karoshi

半袖で一日いても良さそうな窓を通して木がゆれている

駐車場のでかい水たまりに映る夏のはじめのマツモトキヨシ

少しまってやっぱさっきに打ち上がった花火が最後じゃんかと笑う

karoshiとそのまま辞書に載っていてkaroshiしたpeopleを思った

喩に飽きて身体に飽きてあおぞらをみながら濯いでいるマグカップ

男五人がパーティゲームやっている動画の中をサイレンの音

それは　誰　から　聞いた話？　エアコンの風でゆれるカレンダー

してみると切り絵がゆびにうつくしい動きをさせると知った八月

二席分使って眠ってる人に死ねと思って生きてと思う

生まれてから一度も眠ったことがないような涼しさ窓辺に座る

母校愛なさすぎるなと思いつつ氷しか食べていない一日

リベラルな学校の保守的な校歌　サビのところは本気で歌う

夏の川　深夜アニメの野球回みたいな毎日が続いたら

海になつかしさを感じているうちはほんとうのさようならは言えない

とても速いエスカレーター乗るときの　力み　逆光　熱風　誰か

ダイエット器具がふるえる駅前のヨドバシの広場ゆっくり通る

マヨネーズ色の祝日

別に誰もみていないけど休載をしますと書いた九月のブログ

よっ、こい、しょ　段ボール箱はがしたらまた段ボール箱　よっ、こい、しょ

広告がひとつもついていなかった車両でアニソンを聴いている

雨すごいし財布はないし駅前にしゃがみこむマスクだけは付けてる

雷が光って音がするまでに　水商売を憎んでいた時期

マヨネーズ色の祝日　治ったらいつでも会いにきてちょうだいな

江戸川区の防災無線放送で目が覚める　後輩を大切にしたい

narrative

来て朝はなにかを思い出せそうで楽器を磨くように涼しい

こんなにも眠気がぬけない朝はもうすでに放課後のようで、ぼくは呼吸を窓の向こうの郵便局に向けながら、渇いた唇をなめている、昨日はあなたと水族館へ行ったっけ、水族館は死を見せないからすきだ、明日まで生きたい気持ちと百年後に死にたい気持ちをこめてドアを、ノックする

つっぷして眠るあなたの手のなかに魚をさばく動画は流れ

マヨネーズ色の祝日、あなたは、またいつでも来てなあ、と笑う、その一瞬に見えた前歯のかすかな隙間、八重歯の少し出たはならび、コップ一杯だけ水をもらって家を出る

同じ風、同じ教室の日々だった　交差点で付け直すイヤフォン

半袖はもうやめよかな　インスタに自撮りをあげたりあげなかったり　あげたり

「インスタグラムに自撮りをアップロードしたアイドルが瞳の反射から居場所を特定されたというニュース、ええ、ええ、観ました、そんなことより、貸したっきりの『それでも町は廻っている』全巻をはやめに返してもらっていいですか」

駅前で体操してた男性と女性がかばんから出す聖書

四つ折りにしていた1000円札をポケットから出して、新宿行きの切符を買う、駅までの道でとうめいな猫と眼が合った気がする、落ち葉にしゅらしゅらと体を擦りつけていた、その猫、が、ぼくの心臓になる

両親に迷惑かけて生きていく　昼間のとても明るい車内

白昼のビルの影に呑まれ、吐き出され、呑まれ、吐き出され、ぼくの輪郭がかすかに薄くなっていく、必要だったのだ、自分をここに留めておくための季節が、亡命先はもうないのだから

弾き語りしてる男を横切ってこれから秋物を買いにゆく

遠い感

こんな人HUNTER×HUNTERにいたよねーとかやっている眼鏡屋さんで

居酒屋でぽんぽん話題変わっていく速さのなんかかっこいい夜

いくか……って言ったあとスマホをさわりだして店からなかなか出ない

しめやかな砂丘を口に棲まわせて夜風のなかのベランダにいる

みんな壁薄いと思ってんのかなアパートという楽しい楽器

あなたといてあなたはしずか明け方の洗濯物は乾かずにある

卒業をした瞬間におじいちゃんになりたい　落葉しゃらしゃらと踏む

自分の名前と似てるＡＶ男優を調べる夢のすずなりの夢

猫に間合いをはかられているときずっと視界の隅にある月の暈

遠い感　食後にあけたお手拭きをきらきらきらきら指に巻いてる

地下鉄に身を任せつつ蟻の巣にアルミを流す動画みている

人の人生振り回しながら生きたいとちょくちょく思う風の屋上

海っぽいジュースを飲みながら見てるＷＡＮＩＭＡがＢＧＭのイルカショー

長い長い一日のその真ん中にしましまの灯台を建てたい

キャッチの男をほどく速さで歩かれて、ついていくキャッチの男みたいに

スキー焼けしてるあなたのほっぺたにチョップをきめて話を聞いた

一月のつきがまぶしい　一年間しきっぱなしのふとんに眠る

時給より高いオレンジジュースにも慣れてきた　東京は大雪

ブリザード　マクドナルドの Wi-Fi を借りて観ている政見放送

近いこと　パントマイムの壁越しに真顔で見つめ合う　遠いこと

歯磨き粉の青いチューブを絞ってるこれからの七十年の恋

うどん屋の跡にうどん屋　まひるまの人の少ないバスにゆられて

リミックスバウト

ここらへんの工事は終わりましたから通っていいですよと鸚鵡が言う

あ、じゃあ、遠慮なく……

1円玉二枚をずっとポケットのなかでいじっている　朧月

男の子を折り畳んだら明るさの藁をしきつめ燃える祭殿

よるよなか　明日っていうかもう今日は黙禱する日　カタンは続く

冬の日の光の痛い道にきて精巣を吊るしながら歩いた

寄るだろう虎の刺繍のジャケットを着て国道の幸楽苑に

we can (not) advance

思い出は速い、でもあの鷺の影が湖面を過ぎてゆくなら

いーじゃんいーじゃん　春だけ電車が止まる駅　すげーじゃん　梅満開の庭

花の店には花の客　吹いている風が見えてきそうな第二幕

新人が覚えるマニュアル　新人にマニュアルを教えるためのマニュアル

鳩のようなカメラマン来て撮影の後にサインは頼んでねえと言う

おすすめの店を訊いても日高屋と答えそうな友達と歩いた

死んでいる知り合いのほうが多くなるころに白湯とか啜っているか

会話ってつくづく反射神経と思う　名前のわからない花

WE CAN (NOT) ADVANCE　屋上にきてライターをまた忘れてしまう

Ⅲ

真実と正義と美のスロット

はやくすべてが手遅れになってほしい　ウルトラマンの赤い閃光

へのへのもへじの落書きをする人に思想はない　JUGGLERの〈7〉〈7〉〈7〉《スリーセブン》の光

寿司を食べながらだと話しやすいってどこかで聞いた気がするけれど

いじられるわけがわかってしまっちゃう瞬間　藤の花は見られている

トガッていたいと思い続けること　光の比喩の逆説をチェック

乳酸菌が何億あるか気になり出す　主体的・対話的で深い学び

神社ではなくてふつうに土地のある都民の家だった　青嵐

斬新なトリックで死ぬ役だから海あかあかと髪がなびいて

覚悟

おちゃめ機能がどんな機能か急にどうでもよくなった梅雨のはじまり

わたしもきみもいーあるふぁんくらぶ抜けて話すことなくて雨ふる駅に

はじめて歌を歌った記憶　給水塔　歌わせた記憶　電波塔

きみが踊るルカルカ★ナイトフィーバーをなんどもなんども観てる真夜中

いつもピーナッツばっかり残してた　窓辺の雨季の　光の夜の

紫陽花の描写はなんのためにある　紫陽花の描写はなんのため

みっくみくにされてしまった人たちが（みっくみく？）蟹を黙って食べる

チェンジ

訳されて村に降りつづける雨よ　窓に降りつづける秋の雨

消毒液まみれの地球　その少し離れたところにある冬の月

エッセイのような詩　詩のようなエッセイ　春にはクリップを針にほどく

輝きが視界の隅でかがやいてだんだんみえてくる夏の川

あのころ

寿司の食いたさがだんだんみぞおちに集まってくる秋晴れの駅

あー……すみません。しか今日、喋ってないな栗拾いつつ

毛まみれのクッション持っていくキャンプ　誕生日はアピールしてこそだから

あ　自動ドアだったんだ　開けようとした手がドアだった空間に

この辺の人が小学生のとき登る山、泳ぐ川、それから

ないならないで生きてこられた毎日の煙草のときしか開けない小窓

コテージの蜘蛛の巣を壊す　蜘蛛の巣を壊した枝がよく燃えている

っざけんなと思った夜があっていい　なくってもいい　焚火の夜に

まばたきに似た電灯の無人駅からどれくらい歩いたんだ……？

ハンドルに足を乗っけて眠ってる後輩が連れてきてくれた山

冬の桜の木

風と凪　反復横跳びしちゃうから小学生は暇さえあれば

瞬間の軸のような夜がやってきてきみと曲技飛行の話をした

夜と夜　勝手に人の太鼓《たぃ》の達人《たっ》に乱入するこどもがいるでしょう?

買い物の袋から飛び出たネギがわたしの生活をよくしそう

殺すよ（暗黒微笑）ってほんとはどんな顔をしてわたしは書いた?　朝の雷

動じちゃう　底辺バイトと言われたら　化粧を工事と喩えられたら

朝と朝　プロジェクターはよいものでホームをシアターに変えるから

静電気して目が合ったお客さん　から伸びている赤いマフラー

献血の広告に焦点が合う　缶のコーラを一気に飲んだ

くそでかい感情って結局なんなんだ海辺につづくだんだん畑

だからそう言ってんじゃんて言ってんのと言われてしまって何も言えない

明日会ったきみにコートを渡されてコートはベンチに置き去りにした

座布団が頭に乗っているようなねむみ　新宿行きにゆられる

霧と霧　たまたま入った喫茶店が良くなかったことなんてなかった

芸人が笑顔で食べる赤ちゃんと同じ重さのカレーライスを

引っ越したときにどっかにいっちゃったぬいぐるみ　深夜のＮＨＫ

夜が朝をまわしつつ明るんでいく桃鉄の99年目

季語と季語　反体制の会談で盛り上がってる余興のマジック

片思いのままいくつかの片思い　冬の桜の木をかいでいる

会いたいとおんなじくらい会えなくていい　うずまきに皮剝く林檎

口内炎ほんのり痛い正月にテレビとおしゃべりしてる母さん

志位和夫に似た友達がにこにこと吹雪の中で手を振っている

他人よ　雪が積もればいくぶんかきれいな街の雪を踏み抜く

じゃんけんにあいこで人に生まれたわ　握れば水になる牡丹雪

窓に雪のはりつく夜はＩＱが雑に出てくるサイトで遊ぶ

古墳めぐりの旅のおわりのイートインでペヤングペタマックスを食べたい

無垢の悲劇、経験の悲劇

捨て子の通り魔がたまたま親を殺す確率は未明の時計塔

疑うことを疑うことを　呼んでね　城とパーティばかりの映画

To be, or not to be,　彫像の少し右曲がりの男性器

だとしても不登校ぎみな十代は織田信長の女体化の季節

それだと無の無の人だらけにならない？　月の風　帰り方がいつもわからない

（脳みそがすらいすされて大学に保存されたら）湖氷の奥義

日曜日らしさは日曜日がゆるさない　適当な選歌もゆるさない

匂わせのパフェは予感の予感として睫毛がぜんぶ抜け落ちる夢

〈ジム行く〉のジェスチャーは何通り可能か　癖になっている霊言

あきらめるにもあきらめ方があるじゃない光と見分けがつかないじゃない

詩を読んで詩的な感想（わかります）映画どろぼうのパントマイム

資本主義以前のスイス高原に座って待っている子守唄

ありがとうワクチンありがとうコロナ　ロングロングロングスリーパーとして

犬の話

この世には、犬が嚙むのに都合のいいものがいろいろある。たとえばママの耳とか、人間の手といったものだ。

カレル・チャペック『ダーシェンカ』

感情の劣化している犬が棲む眉間あたりに地に顎つけて

犬がなぜ車から顔出したがるのか考える鏡のように

こどもの声かと思ったら犬だった　こどものように犬はカートに

白いからシロと呼ばれるその犬の親犬もその親犬も白

知らない技とか撃ってきそうなもじゃもじゃの犬が木陰に寝ころんでいる

誤解を解きたい人ばかり増えている　だから誤解が増えるのだろう

春の電車で寝ている人の盗撮は一万いいねをどこに連れていく

なんでも麻雀で喩えたがるならこのドッグランも　ETERNAL

草の雨の匂いは王子公園にちいさな観覧車を目立たせる

人んちの犬の名前を呼ぶときの軽薄さって満開の桜？

Ⅳ

absurdity

青春は終わり（と言えば青春は続くぜ）ビューティフル・雷・ドリーム

はじけりゃ Yea　牡蠣好きで牡蠣アレルギー　素直に Good　明け方に眠った

徹夜してポケモンカードを買ったこと⇅カードをすべて売っちゃったこと

雨のスタジアム・小さな小さな傘・スワロウテイル・オッケー・グッド

サークルクラッシャーだらけのサークルのクラッシュは夏のレモンスカッシュ

チャージビーム　教えることはなにもない　チャージビーム　教えることしかない

たわんでる電線　はしばみ色の絨毯　天国に定員はあったんだ

よふかしの手紙

レジにぶちギレる人の力はどこから来る……　ポケモン柄の炬燵を出して

帝国　キャットタワーのキャットたち撮ればこっちに目線を向ける

オフサイドをなんど説明すりゃわかる夜のこころは蜜柑のこころ

私を推しているらしい人からもらうみどりのパーカーはでかフード

リポビタン・D・祖母の部屋にある天皇家団欒のポスター

左右ちがう靴下を履いていることを誰も知らない花物語

うれしいと手のひらの芯かゆくなる　歌番組つけっぱで寝ていたい

初詣はいちばんのりの導火線 live the vampire life いこうぜ

Adoのサインは欲しい欲しくないのレベルじゃない　氷柱越しにみる月

そういう人

「ウクライナの力になりたいんです。僕はサバイバルゲームの経験があります。
あ、まだ学生です。ええ、でも誰かのためになにかしたくて毎日震えています。
笑。それは前提ですよ。僕が死んでも悲しむような人はいません。
本音はって？　ふざけないでください。こうした間にも人が死んでいるんですよ。

だから、何度もそう言っていますよね。こころのじゅんびはできています。
……捕虜？　そのときはそのときです。自決とかちょっとアレですけど。
ふだんはYouTubeで発信しています。平和と、平和への願いのために。
逆に聞きますけど、千羽鶴とか折っている場合ですか？　なんなんですか？
戦争、戦争を、なんだと思っているんですか。僕は、戦いますよ。」

文法・景色・回想

雪国で雪のアンチをやっている財布に温泉の領収書

D.C.
あたしのことはマリーと呼んでそう言った鈴木と春の新宿をゆく

きみは最先端　きみはかっこいい　（絶／景）の無重力みたいに

皮肉でしか言えないことはたしかにあるけれど　エレクトリック・ラヴァーズ

美術館で愛を育め　まっしろな部屋に谷川俊太郎の思念

お前たちののろけばなしを聞かせてくれ　大きなモニターにデイゲーム

起きたとき何周したかわからない山手線よ手にマグロ丼

the habit of being

今日《きょう》はよく喋《しゃべ》るね、何《なに》か良《い》いことでもあったの　鎖鎌《くさりがま》の気持《きも》ちで

三十代《さんじゅうだい》は同時並行《どうじへいこう》の恋《こい》らしい　流線形《りゅうせんけい》になる建築史《けんちくし》

人間性《にんげんせい》がなくなるまでのハイボール　想像妊娠《そうぞうにんしん》を何度《なんど》でも

夜《よる》の底《そこ》があるなら夜《よる》の 頂《いただき》 は　違法《いほう》サイトのＡＶ《アダルトヴィデオ》

忠岑《ただみね》がさらさらと野《の》を歩《ある》いている夢《ゆめ》さめてループの猫動画《ねこどうが》

少《すこ》ししてから見上《みあ》げるとふやけてる鱗雲《うろこぐも》あるいは友情観《ゆうじょうかん》

Q　R《キューアール》コードの詩学《しがく》　痙攣《けいれん》する僕《ぼく》の瞼《まぶた》が渇《かわ》いて渇《かわ》いて

VANISHING

海外映画のすごいイジメのように日が延びてきた三月　ワン・ラスト

いま眠ることをゆるさずゆるされず　ハイウェイ、神っぽい夜の谷

髪型が変わって誰かわからない（わけない）LIVE（ことない）STAGE

誤射は正確に　晴れてる日のほうが少ない町のローリンガール

聞き取れないほど最高速で（もっともっと）うたって　夜警国家のよるは

LIE BY LIVE BY　パスワード間違えすぎてロックに暇している5分間

裏と表に診察室のイメージが這う　KING・QUEEN・JACKの横顔

神殺し　UFOキャッチャーのアームが摑んですぐ離すぬいぐるみ

結局はみうちびいきが名盤を生み出すための夜桜なのか？
写真を撮ろうよと樹の下にきたメルトでダウンする５秒前

リリカル・パレード

馴れている鹿に煎餅さし出して　反ワクチンの輪の盛り上がり

あと100円出して大きな傘買えばよかった　煉瓦の文学館

ちいさくてかわいいやつなんていねえよと聞こえたらスクランブル交差点

午後休みのカウンセリングは桜の道　人を憎んで罪を憎まず

ンゴねぇと言われても困るンゴねぇ　そういうノリが大切だった

無言でいたいときに無言でいられたらそれだけで　水辺の雪柳

エレクトリリカル・パレード・みんな不幸の才能がある・ワールド

眠れない夜になんどもありがとうゆっくり魔理沙ゆっくり霊夢

お土産は買わない主義を貫くとどうなる　リアリズムのメンソール

自分の言葉を選んでいると破滅する　コロコロコミックいつ買い出した

ENCOUNTER　問題作がそこまで問題作じゃないところも含めて

実家が寺その生きやすさ生きづらさ林の影に影を重ねる

東北からきた幽霊と乗っかって上野まで　窓いっぱいに川

蚊柱の芯はなんどもゆれながらこっちにやってくる、目をみひらく

雨ノート

深刻になればなるほど学校は指紋ばかりの雨の日だった

かずとくんと結城明日奈の声で聴くＳＡＯは遊びではない

定食屋のテレビに映る定食屋　こっちでは生姜焼きを食べてるよ

方法論でおどろく時代は葡萄のようにみずみずしくて黒く光って

キッザニアに置き去りにしたおとうとを十年かけて思い出しました

オフィーリアのように、とか俺が言っていいのか　高画質の心エコー図

僕のせいで苦しむ人がいてほしい電気ブランのように眩んで

貯金残高四十万円の秋にケロロ軍曹読みたくなった

祈りすぎてもだめなんだけどでも祈る　音立てながら西瓜を齧る

親知らず知らずのままでいいのかな　絵を見るペースに差があるけれど

後方腕組み彼氏面とは　午後からは止んでいたのにまた降り出した

水面にいくつか波紋　降っている感じはしないのに降っている

あとがき

これは私の最初の本です。十八歳から二十四歳（二〇一七年～二〇二三年）までに作った短歌のうち三三三首を収めました。その間に、大学で詩歌のサークルをみんなと作り、その後退会して、現在は歌林の会に所属しています。作品はおおよそ編年体ですが、歌集制作にあたり、ほとんどの連作は初出時と歌の入れ替えを行っています。

出版に際しては、本当に多くの方にご協力いただきました。関わってくださったすべての方に深くお礼を申し上げます。そして、この本を読んでくださった方、これから読もうと思ってあとがきから開いた方、まだこの本を読んでいないけれどいつか読む方に、感謝します。

郡司和斗

略歴
1998年　茨城県生まれ。
2017年　二松學舍大学松風短詩会結成。
2018年　歌林の会入会。
2019年　第39回かりん賞受賞。
2019年　第62回短歌研究新人賞受賞。
2022年　口語詩句賞新人賞受賞。
現在は大学院生。公益財団法人佐々木泰樹育英会奨学生。

かりん叢書第四二三篇
二〇二三年　九月　三十日　印刷発行

歌集
遠い感

著　者　郡《ぐん》司《じ》和《かず》斗《と》
発行者　國兼秀二
発行所　短歌研究社
郵便番号一一二−〇〇一三
東京都文京区音羽一−一七−一四　音羽YKビル
電　話〇三（三九四四）四八二二・四八三三
振　替〇〇一九〇−九−二四三七五番
印刷・製本　モリモト印刷株式会社

ISBN 978-4-86272-748-0 C0092